KB119957

오늘도 냥마스테

인생은 고양이처럼 매일매일 균형 있게

인생은 고양이처럼 매일매일 균형 있게

오늘도 냥마스테

이내 글·그림

위즈덤하우스

요가는
할 수 있는 만큼만.
완벽하지 않아도 된다.
나와 남을 비교하지 않고
그저 과정을 즐기면 된다.
인생과 같다.
즐겁게 춤추자.

몸과 마음의 균형

'요가를 하는 것은 몸과 마음의 균형을 잡는 일이다.'

마음이 요동치고 불안한 날은 어김없이 요가를 합니다. 땀방울을 흘리고, 호흡을 정돈하면 알 수 없는 평온이 찾아오거든요.

『오늘도 냠마스테』는 잡념과 불안이 가득한 일상을 요가에 빗대어 기록한 것입니다. 어느 날부터 책상에 앉아 요가에 관한 글과 그림을 끄적였습니다. 요가를 하며 경험한 것을 사람들과 나누고 싶었습니다. 이 책에 담긴 내용은 제가 요가를 하며 알게 된 것들입니다. 매일 집을 청소하듯 흩어지는 마음을 다잡기 위해 알게 된 것들을 되새김질하고 있습니다. 뭐든지 유지하는 것은 쉽지가 않습니다.

아무도 앞날을 알 수 없어서 막연한 불안을 껴안고 삽니다. 항상 지나고 나서야 '그때는 힘을 빼고 좀 즐길걸.' 하고 후회를 하곤 했습니다. 과거를 돌아보며 미련을 갖기보단 오늘을 잘 살아내기 위해 노력해야한다는 것을 뒤늦게 깨달았습니다.

모두에게 인생은 처음입니다. 그래서 실수하기 마련이죠. 이 책에는 실수를 자책하지 말고 당연한 일로 받아들이며 계속해서 용기를 내어 도전했으면 하는 마음을 담았습니다.

모리가 몸을 자유자재로 늘리고 구부릴 때 요가와 닮았다고 생각했습니다. 그날부터 모리는 제 요가 스승이 되었습니다. 모리는 아기 때부터 열네 살 할머니가 된 지금까지 대범하고 용감하게 살고 있습니다. '쫄보인 나와는 그릇부터 다르구나.' 하고 종종 생각합니다. 할 수 있다면 모리처럼 느긋하고 태연하게 살아가고 싶습니다.

오늘도 모리는 근엄한 눈을 가늘게 뜨고 저를 바라봅니다. 저의 어리석음을 발견한 선생 같은 얼굴로요.

자신안의 균형을
찾으시기를요.

*inove

차례

≷ 1부 ≶
균형을 기르는 중입니다

≳ 2부 ≲

깊고 긴 호흡이 필요한
나에게

≳ 3부 ≲
마음은 단단하게
일상은 유연하게

> 4부 ⅓
매일매일 균형 있게

1부

균형을 기르는 중입니다

🐱 무기력한 몸

①
↓

마감하고 난 뒤
세 시간째 방바닥에
들러붙어 있다.

②
↓

답답하고 찌뿌둥하고
그래도 움직이긴 싫어.

넌 아무것도 모르는구나.
나는 가만히 있지 않아.
틈틈이 요가를 하고 있어.

그래서 나도

냥마스테

설거지도 하고

바닥도 쓸고

책상 정리도 하고

마음도 닦는다.

고요한 마음

요가를 하면 몸의 군더더기가 없어지고
마음도 편안해지는 기분이 든다.
'사바아사나'를 할 때처럼
가끔은 아무 생각 없이 일상을 보내고 싶다.
남의 시선은 의식하지 않고
온전히 나에게만 집중하는 삶을 살고 싶다.

⌢ 나의 위치

있는 그대로가
괜찮다니.

어릴 때 이후로
오랜만에 듣는 말이네.

그림 작가로서의 나는
지금 이대로 괜찮은 걸까.

지금 나는   음…
어디쯤인가.

크흥

하나 더 먹을까…

일단
찐빵 좀
먹고.

맛있다.

고생할 상

그게 뭔 말이야

마감전과후

마감 끝

한계점

나를 너무 밀어붙이면 균형이 무너진다.
적당한 순간은 본인만 알기 때문에
스스로 잘 판단하는 수밖에 없다.

⌣ 외로운 일

창작자의 길

잡념이 머릿속을 시끄럽게 하면
홀로 있을 수 있는 곳에서
주변이 고요해지길 기다려야 한다.
사람들을 붙잡고 하소연을 하는 것보다
내면으로 깊이 들어가 묵묵히 작업을 하며
해소하는 것이 백번 낫다.
외로움을 삼키는 시간은
작업을 할 수 있는 동력을 만들고
계속 나를 단련하도록 이끈다.
혼자일 때만 깊이 도달할 수 있는 곳이 있다.

향은 성냥으로

요가 시작

🐱 고양이의 몸

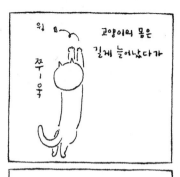

고양이의 몸은 길게 늘어났다가

크기에 맞게 작아지고

납작해져서 잘도 빠져나가고

요상한 자세로도 잘 수 있다.

보는 사람만 불편할 뿐.

고양이의 말

"인간들은 참 욕심도 많지.
우리는 가진 게 없어도 충분히 잘 살 수 있는걸."

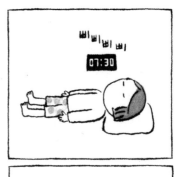

😺 기상

'다운독'으로 일어나는 생활 요가인

간식

-10°C

냉동 만두가 된 기분

쾅

...

모리야.
나 안아줘.

왔냥.

여깄다.

참치는?

앗

고양이
키우시나
봐요.

삑

...

참치
안 사왔다고
쫓겨났어요.

할할 후루룩

참치를 안 주면 서운해하는
고양이와 살고 있습니다.

🐱 다스 베이더 호흡

다스 베이더 호흡법이 있다.

소리가 비슷해서 생긴 별명인가 봄.

다른 말로는 웃짜이 호흡.

공원 산책할 때 가끔 합니다.

🐱 아침 차 한잔

짹
짹짹 🐦 후루룹 후…

보글
보글

쪼로록

목욕탕에서

몸에 힘이 빠진다.

스륵

할머니이신데

탄탄한 잔근육

잘 관리된 몸의 느낌

진정한 '사바아사나'

둥

둥

분명히 오래 운동을 한
사람의 몸이다.

어...

짹
짹
짹

POST

잘 읽음

나도 저렇게 나이 들고 싶다.

쓱

꼿꼿한 허리   군살 없는 몸

나도 평생
운동해야지.

… 요가는 운동이지만

넌 그걸 대체 어떻게 알아?

그것보다는 수련이란다.

본능적으로 아는 거지.

후 후

몸과 마음의 중심을 찾아

잘 다스려서 '균형'을 잡는 것!

잘난 척은.

세상에 치이고 나면

숨을 마시고

나를 갉아 먹힌것 같아.

털썩

숨을 내쉬고

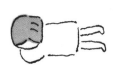

마음에 찌꺼기가 남는다.

깊은 호흡을 반복하면

이럴 땐 콧구멍 교대 호흡

빠르게 뛰던 심장이 느리게 뛰고
불안도 점점 잦아든다.

밀고 있는
한파 패션

패딩 위에
코트

안에
털모자

패딩 속에
목도리

추우니까
눈은 작게
떠야 한다.

손은 꺼내면
안 된다.

모리의 말씀

난로를 틀어놓으니
모리가 그 사이에 누워 있다.
난로를 옮겨도 어느새 모리가 와서 가로막고 있다.
모리가 눈빛으로 말한다.
'추우면 요가를 해라.'

🐱 집밥

집밥을 좋아합니다.

양념은 단순하게

반찬 두 가지, 국 하나면 충분.

단출하지만 따뜻한 식사.

나는 아직 작가가 아닌 것 같아.

후—

탁

그런 고민은 많이 할수록 좋아.

왜?

탁

점점 네 것을 만들려고 스스로를 밀어붙일 테니.

내 이야기를 쓰고 싶은데

지금 그 불안마저도 즐겼으면 좋겠다.

후읍

제자리걸음만 하고 있어.

많이 모자라고 부족한 것 같아.

😺 비우는 것의 순서

인생

소소한 일상이 모여 인생이 된다.
평범함을 소중히 여기면 특별해진다.

요가 매트

수건

요가복

물

그리고 몸만 있으면 어디서나
할 수 있는 게 요가의 매력.

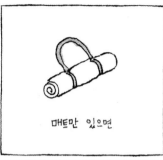

매트만 있으면

어디에서나 요가를 할 수 있다.

집   공원

바다

조용한 시골에서
요가를 하고 싶은
로망이 있다.

짹짹

바람 솔솔

완벽해

풀 냄새   귀뚤 귀뚤

어쩌면 밭에서 일하던
어르신을 마주칠지도.

수줍

에구머니나!

🐱 깊게 호흡하세요

혼자가 된다는 것

동네에서 아기 고양이가 운다. 울음소리가 무척 애달파서 찾으러 나갔다. 사료를 들고 소리 나는 곳 주변을 살펴보니, 삼 개월 정도 돼 보이는 예쁜 삼색이가 눈을 동그랗게 뜨고 나를 보고 있다. 담벼락 위에 가지런히 앉은 채. 탐스러운 꼬리로 앙증맞은 두 발을 감싸고서. 여유 있는 모습을 보니 그토록 애달프게 울었던 고양이가 맞나 싶었다.

밥을 주러 나온 사람은 나뿐만이 아니었다. 자전거를 타고 맴돌던 한 남자가 "어미 고양이가 독립을 시켰는데 그걸 모르고 어미가 보이지 않아서 우는 거예요." 하고 말했다. 보슬비가 조용히 내리는 깊은 밤. 울음소리는 이제 그쳤다 싶으면 한 번씩 '애옹' 하고 들려왔다. 가늘고 애달픈 목소리. 사람이건 동물이건 언젠가 독립은 해야 하지만, 혼자가 되는 것이 어떤 기분인지 고양이는 너무 이른 나이에 알게 된다.

혼자가 되면 모든 것이 끝난 사람처럼 캄캄하고 무섭다. 첫 연애가 끝나고 가로등 불빛 아래서 울던 밤이 그랬다. 지금은 그때를 다르게 생각한다. 새로운 사람을 만날 기회가 열렸던 거라고. 그러니까 너도 너무 슬프게 울지는 마. 계속 혼자는 아닐 거야.

2부

٭
٭

깊고 긴 호흡이 필요한 나에게

번화가 담벼락 위에서 물끄러미

사람들을 내려다보는 고양이 한 마리.

자세히 보니 나이는 들어 보이고

오늘은 갈비탕 먹을래?

그래. 맛있겠다.

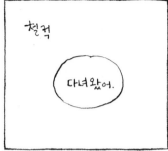

철컥

다녀왔어.

꼬질꼬질한 털에 잘 먹지 못했는지 상태가 안 좋아 보였다.

이렇게 팔자 좋은 고양이도 있는데.

왕냥

저 고양이의 오늘은 어땠을까...

뭔 봐.

삶은 다양하고 세상은 공평하지 않다.

🐱 구렁텅이

어떤 사람

부자가 되고 싶지.

어떤 사람?

응...

바른 자세로 걷고
제대로 숨 쉬는 법을
아는 사람!

역시 난
요가 변태가
되어가나...

아니다.

😺 비 오는 날

갑자기 비가 온다.

출퇴근을 한 땐 신발과 옷이 젖고
불편한 게 많아서 비가 싫었는데

이제 나는 집에서
창문 밖의 비를 감상하는 프리랜서

비 오는 날이 좋아요.

사람의 입장은 늘 바뀌게 되는 법.

빈말

사람을 만나고 나면 마음이 더 허전했다.
내가 빈말을 많이 했기 때문이라는 걸 알게 됐다.
친절한 사람으로 보이고 싶어서 텅 빈 공허한 말만 골라 했다.
아무도 강요한 적 없는데, 스스로 시작한 일이었다.
그 사실을 알게 된 뒤부터는 진심을 담은 말만 했고
말하고 싶지 않은 순간은 침묵했다.
그러고 나니 마음이 괜찮아졌다.
빈말 속에 나를 구겨 넣고 감추는 일은 언젠가 탈이 나기 마련이다.
남의 평가와 의견에 감정이 휘둘리면 나를 잃기 쉬워진다.
언제나 나를 잘 살피며 마음을 풀어야 한다.

🐱 진심으로 전하고 싶은 말

나마스테의 뜻을 이제서야 알게 되었다.

몰랐어?

그냥 단순한 인사인 줄 알았지.

깻뻬
왕만투

모리야,
난 널... 존중하고 있어.

전하고 싶어.
이 마음.

'내 영혼이 당신의 내면을
느끼고 존중한다'
라는 뜻을 가졌다니.

흠...

괜히 가르쳐줬나.
부담스럽네.

영혼이 메마른 현대인에게
꼭 필요한 말이다.

쏘울
터져.

하나 배웠다.

제대로
알고 하는 건
역시

진심이
될 수 있구나

그날 요가 시간

나마스테

나마스테

진심으로 전하고 싶은 말.

또 뭐가
있을까?

등 뒤에서 손 맞잡기는

철컥

자물쇠 채우는 기분.

참치의 위력

작업 명상

연필과 펜과 지우개가
종이를 긁고 할퀴고 문지르는 소리를 듣고 있으면
명상하는 것 같은 기분이 든다.

🐱 그림 작가

일 전화가 오면
몇 가지를 묻고

원고 메일 확인했어요.

계약서를 받으면
일이 시작된다.

일정과 비용은요?

십 년째 같은 가격.

모든 게 다 오르는데 어째서...

내 집 마련, 할 수 있을까?

점점 확신이 없어지네.

😺 다음단계 1

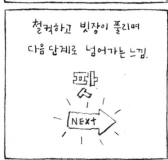

🐱 가을의 향기

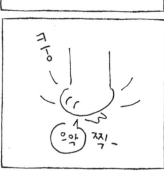

산책

진도가 더딘 날은 아무리 버텨도
잘되지 않아서 잠깐 산책을 한다.
신기하게도 걷다 보면 막힌 곳이 좀 뚫린다.
운이 좋은 날은 청설모를 볼 수 있다.
바람의 세기, 풀과 흙 냄새, 빛에 일렁이는 나무.
날씨와 계절의 미묘한 변화를 느끼고 돌아오면
고여 있던 생각이 술술 풀릴 때가 많다.

😺 스트레스 해소법 l

나의 스트레스 해소법은 네 가지.

4 안 쓰는 물건 비우기

안 쓸 것 같다.

나누거나

아웃!

버리거나

1 망각의 치킨

먹으면 그 순간 바로 행복해진다.

이러고 나면 안 좋은 기분이 해소되어 숙면을 취할 수 있다.

드르렁

크오오

시끄러워!

2 요가

전신 안마 효과

땀 한 바가지 흘리면 개운하다.

3 목욕

세신사의 기술에 탄복하며 몸 맡기기. 약간의 수다는 덤.

벅벅

부끄러움

난 뭐가 이다지도 부끄러울까.
어제의 나도, 오늘의 나도, 미래의 나도
부끄러웠고, 부끄럽고, 부끄러울 것이다.

😺 불안 1

촛불이 고요한 듯 보이지만

가만히 들여다보면

*타닥 *타닥

끊임없이 일렁이고 있다.

쉼 없는 그 흔들림이
내겐 불안으로 보여서
뜬금 고백을 했다.

언제 꺼질지 몰라서 초조해 보인다. 너...

실은... 나도 자주 불안해.

🐱 네모의 세계 2

프리랜서의 불안은
불규칙한 수입에서 온다.

일이 끝나면 자동 백수라서

속 편한
고양이 녀석.

다음 일이 없으면
마음이 심란해진다.

지난달에
일했던 돈이 아직
안 들어왔다.

이번 달
공과금은
어쩌지.

돈 걱정이 들긴 하지만
일이 없을 땐 개인 작업을 한다.

집순이는
나의 운명.

그러고 보니 일이 있건 없건
책상에서 벗어날 순 없다.

알 수가 없어

나는 어째서인지,
나란 사람이 어떤지 잘 모르겠다.
내가 가지고 있는 색깔은 어떤지.
다들 어째 자기를 제일 모르는 것 같다.

Inner Peace

방출하라. 독소여 안녕.

🐱 사흘 치 카레

나를 다듬는 시간

정체된 상태가 오면 나약해지기 쉽다.
그럴 땐 있는 그대로의 나를 받아들이고
좋은 에너지를 충전하는 시간을 보내야 한다.
큰 변화가 없지만 시간이 흘러가듯이
오늘의 나는 어제의 내가 아니다.

뜸을 들여야 맛있는 밥이 되고
계속 걷다 보면 큰 산을 넘게 되듯
뭐든지 단박에 되는 일이 없다는 것을 알게 되면
조바심은 눈 녹듯 사라진다.
오늘에 충실하게, 부지런히 나를 다듬으며
공백을 채워야 한다.

단다아사나

난 오늘 니은의 마음을 알게 되었다.
등이 시원하고 발가락이 저릿할 거야..

🐱 나에게 맞는 운동

수영 한달 반

음파~

매번 잠깐만 배워보고

나는 뛰는 것도 싫고

헬스 한 달

큰음!!

포기하는 것 같아서

여러 사람들과
어울리는 운동도 싫다.

에어로빅 이 주

깔 깔 깔 ♪
휘청

내 자신이 부끄러웠는데

역시 요가가
내 길 인가.

발레 일주일

음...

알고 보니 나에게 맞는 운동을
찾는 과정이었다.

🐱 물건 비우기 I

과거의 방

일의 몰입 증대

끝!
탁 탁

그중에서도 온전히 일에
집중할 수 있게 된 점이 가장 좋았다.

현재의 방

그간 물건을 부지런히 비워냈다.

덕분에 여유 공간
독서 시간 확보

온전히 나에게 집중할 수 있게 되면 어딘가
산만하고 복잡했던 마음에 안정감이 깃든다.

결정

척

옷 고르는데 일 분

Z
Z
Z

비움에
대한 책

군더더기 없는 가벼운 생활은
어쩐지 요가와 닮은 구석이 있다.

끝!
탈
탈

청소 정리 시간 단축

🐱 물건 비우기 2

비울 것인가 말 것인가.

모두 버리는 것은 아닙니다.

열심히 비우고 있지만

버릴 수만 있다면 1순위인데.

😸 전과 후

😺 될 대로 돼라

🐱봄소식

꽃샘추위가
춥다더니

긴 겨울을 견딘 얼음 나무가
꽃망울을 틔우고

내가 쌓아올린 풍경도 아름다웠으면.

물이 부지런히 흘러
단단한 돌을 마모시킨다.

좔
좔
좔

잘 견뎌낼 마음과 부지런한 힘을 가진 사람

되고 싶다.

😺 작업의 스위치

〈작업 모드 전환 과정〉

1

목욕 재계

2

노란 불
스탠드를 켠다.

3

책상 정리

4

커피 또는 차
만들기

🐱 빈 종이

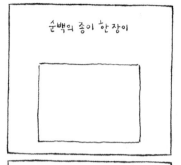

순백의 종이 한 장이

모리의 말처럼
잘하는 것보다
그냥 하는 게 중요한데

요가에서 배운 것들이
생활과 연결되는 걸 느끼지만

무서워지는 때가 있다.

알면서.
내 마음은
왜 이런가.

대입시키며 치유되기까지는
오랜 시간이 걸릴 것 같다.

망칠까 봐 두렵기 때문이다.

마음을 비우고
자유로워지고 싶어.

나 잘하려고
또 너무
애쓰고 있나봐.

🐱 흔적

그래서 생각해낸 방법은

어째서인지 조금
쉬워진 기분이 든다.

귀퉁이에 연필로 낙서하고

어째서
일까.

끄적

끄적

다시 지우개질

벅

벅

흔적이 남으면

작가가 되고 싶어

작가가 되겠다고 결심했지만 갑자기 초능력이 생기는 건 영화에서나 가능한 일이었다. 나 혼자 이야기를 만들고 기획하는 일은 역시 잘되지 않았다. 그동안 주어진 원고를 읽고 삽화를 그려왔는데, 원고를 직접 쓰려니까 무척 어색했다. 구슬을 꿰어 예쁜 목걸이를 만들고 싶은데 꿰는 법을 모르니 잘되지 않았다.

긴 시간 동안 방향을 잃고 어슬렁거렸다. '어릴 때부터 글을 써왔다면 좋았을걸.' 미련스럽게 과거를 탓하기도 했지만, 포기하는 대신에 나는 시간을 조금 길게 갖기로 했다. 갑자기 용기가 생긴 것은 아니고 실은 도전하기 전의 나로 돌아가는 것이 두려웠다. '못하면 뭐 어때!' 하고 작은 배짱도 생겼는데, 이 모든 것이 남에게 보여주기 위해서가 아니라 나 자신을 위해 하는 일이라서 그랬다.

소재가 떠오르면 연필로 네모 칸마다 가벼운 스케치와 대사를 적어 넣었다. 바로 작업을 완성시키진 않았다. 왜냐면 묵히는 시간이 필요했기 때문이다. 한동안 보지 않다가 다시 보면 어색한 부분이 보였다. 그걸 고치거나 더 생각나는 것이 있으면 추가했다. 짜깁기를 하다 불필요해서 잘라낸 부분은 예상하지 못한 소재와 합쳐져 다른 에피소드로 완성되기도 했다.

한 달이 넘게 긴 정체기가 오기도 했다. 그럴 땐 컴컴한 방 안, 잠자리에 누워 불안해했다. 불씨가 사그라들다 못해 꺼진 것 같은 기분이 들었기 때문이다. 그러다 시간이 흐르니까 또 샘이 차올랐다. 이래저래

처음 경험하는 것들이 많았다. 여러 글쓰기책도 보았는데 전혀 이해되지 않던 문장이 직접 해보니까 크게 '와닿았다. 해봐야 안다는 뻔한 진리를 되새김질하며 펜을 다시 붙들었다.

이 책은 그렇게 깨작깨작 만들어졌다. 버벅대고, 제자리를 맴돌고, 끙끙 앓으며 만든 나의 첫 책. 많은 시간을 소진한 만큼 반죽도 되고 발효도 돼서 나름의 책이 된 것이 무척 신기하다. 일단은 첫 베이킹에 성공해서 빵이라는 게 우연히 만들어졌다. 앞으론 그 맛까지 보장할 수 있는 숙련된 작가가 되고 싶다.

3부

마음은 단단하게 일상은 유연하게

🐱 마라톤

집 밖으로 점심 먹으러 나왔다가
보게 된 진풍경.

반짝이는 옷을 입은 응원단의 열정과

끝이 없는 사람들의 행렬

음료수를 나눠주는 봉사단들.

다양한 체형의 러너들이
멋지게 달리고 있다.

그야말로 엄청난 에너지에 압도되었다.
달리기의 매력이라니. 어마어마하구나.

도로를 통제하는 경찰들과

동적인 운동이
이토록
매력적이
었는가.

🐱 매트 안의 전투

요가도 엄밀히 말하면
동적인 운동이다.

범위가
매우 좁군.

매트 안에서
치열한 전투를
벌이고 있지.

중심을 잡으려고

부들

부들 부들

바쁘게 움직이는 근육의 잔떨림

들숨과 날숨의 교차

괴로 숨 쉬는 중

부들

흐으음 후으음 부들

체온 상승과 혈액 순환으로 솟구치는 땀

없어서 긁어 짜내는 평정심

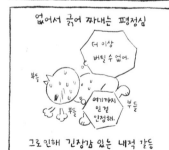

더 이상
버틸 수 없어.

부들

여기까지
인정
인정해.

부들

부들

그로 인해 긴장감 있는 내적 갈등

주저하는 나에게

엉뚱하게 해보고 실패도 해보고 마음껏 두려워하라고 말해주고 싶다. 다 그러면서 성장하는 거라고. 불안을 감당하며 도전을 계속하는 사람만이 성취할 수 있는 기쁨이 있다. 비판과 지적은 중요하지 않다. 결과와 상관없이 끝까지 해냈다는 것은 필사적인 용기를 낸 것이고 두려움을 이겨냈다는 뜻이다. 그것만으로도 대단한 일이니까. 매일 지더라도 고군분투하기를 바란다.

솔직해지면

"목소리는 다정한데 내용은 너무 솔직해."
진심을 말하면 이런 피드백이 돌아온다. 친구는 나의 말에 조용히 상처를 받은 것이다. 사람들은 텅 빈 마음보다 진심을 더 두려워한다. 솔직함이라는 것의 성질은 자기에게 향하면 문제가 없지만 타인에게 향하면 평가와 맞닿게 된다.

친구가 내게 바란 것은 따뜻한 위로였는데, 눈치가 없는 나는 그만 직구를 던진 것이다. 솔직함도 타이밍이 있다. 송곳같이 파고드는 공을 받아들일 준비가 되었는지 우선 잘 살펴야 한다. 어쩌면 단순히 내가 진심을 말하는 기술이 부족해서일지도 모르겠다. 가까운 사이일수록 둥글둥글 부드럽게 말하는 것. 실은 그게 좀 어렵다.

선입견과 오해로 얼룩진 평가는 싫지만 친밀한 사람들이 내게 건네는 애정 어린 솔직함은 좋다. 사는 의미를 찾거나 객관적으로 나를 바라보는 일에 분명 도움이 되기 때문이다. 진정한 친구나 동료는 만나는 횟수가 아닌, 기쁨과 슬픔을 공유하며 깊어지는 것 같다.

🐱 나를 바라보는 나

꒰ㅇ꒱ 예고 없는 방문

맛과 향

하우스 귤보다 거칠고 못생긴 노지 귤이 더 좋다.
매서운 자연을 이겨낸 훈장 같아 보여서 그렇다.
노지 귤은 맛과 향도 진하고
잘 말린 껍질은 귤피차로도 마실 수 있다.
건강하고 유익하고 용감한 존재.
그런 것들을 발견하는 순간마다 어쩐지 내게도
잘 살아갈 용기가 한 뼘 쑥 자라난다.

⊂⊃ 꿈을 먹고 살지요

🐱 턱살

턱을 들어 올리지 말고

턱이 목에 붙을 만큼 당기자.

이중 턱이 생기면 올바른 위치다.

이러면 척추 윗부분이 열려
척추의 구부러짐을 해소시킬 수 있다.

😺 습관

기분이 꿀꿀하고 몸이 찌뿌둥해지면
나는 요가를 한다.

습관이 되어서일까.
요가를 해야 안 찜찜해.

몸이 가볍고 에너지가 밝아지는 기분.

개 운

이 기분에 중독된 것 같아.

근육이 생기고
체력이 길러진 걸까.

안되던 동작들이 쉽게 된다.

뭐지...

이상해

이상하리만큼 잘되네.

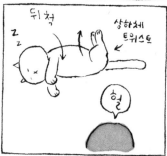

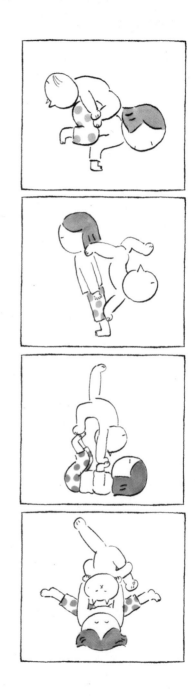

겉과 속

자기주장이 속으로만 강해서 겉과 속이 자주 충돌한다.
거기서부터 많은 것이 어긋나고 있다.

💭 힘의 효율

😺 필요할 때만

모든 체력을 소진한 날.

데굴

때라는 것이 갑자기 찾아오니까 문제지만.

고양이라고.

난 뚜껑을 못 열어. 알잖아.

사람같이 굴더니만 지 필요할 땐 고양이래.

데굴

바닥과 나는 비로소 하나가 되었어.

몸이 녹아든다.

다 때가 되면 일어나게 되어 있다.

나 밥 줘.

저기 싱크대 안에 사료통 있잖아

😺 트라이앵글 1

클라이언트와 일감이 바뀌다보니

계약 기간 동안 행복과 불행이 좌우된다.

담당자도 매번 바뀌는데

우리는 가면을 쓰고 오늘도 웃는다.

담당자가 어떤 사람이냐에 따라

🐱 트라이앵글 2

피드백 메일이 오면
빨간 딱지가 군데군데.

색이
이상해요.

이렇게
고쳐주세요.

이렇게가
더 나아요.

이렇게 하면
더 좋을까?

더 좋은 방향으로 가기 위해서
고민하는 것임을 잘 안다.

요구대로 고치고 나면

내 생각
반　남의 생각
반　　← 절충의
　　　중간 지점

전혀 내 그림 같지 않고
애착도 사라진다.

나도 내 생각을
말할 수 있는 거
아닌가...

까라면 까야죠.
일러스트레이터
교체할 수도
있어요.
그러니까
맞춰서 해줘요.

담당자가 일방적인 태도일 경우
그냥 따라야 하는 입장이라면
어쩔 수 없이 마음이 상한다.

재미없다.

얜 내 자식이
아닌 것 같아.

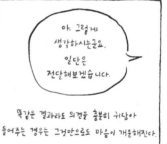

아, 그렇게
생각하시는군요.
일단은
전달해보겠습니다.

똑같은 결과라도 의견을 충분히 귀담아
들어주는 경우는 그것만으로도 마음이 가뿐해진다.

편집자도 디자이너도 나도

자기 몫의 일을 성실히 수행하는 중일 뿐

생각을 전했으니
나의 일을 했다.

☺ 불안 2

도서관에서 책을 읽다가 발견한 문장

「불안은 쌓이는 것이 아니라
파도처럼 왔다가 지나가는 것이다.」

정말
맞는 말이다.

도서관에는 불안에 관한 책들이 참 많았다.

나만 견디는게
아니라 다행이다.

동지들이여.
화이팅!

인간은 불안 그 자체였다.

우물

누구에게나 우물이 있다.
깊이도 온도도 다르고 빠져나오는 시간도 다르다.
어둠 속에서 나를 감추면 마음이 좀 나아진다.
세상 어디에도 내가 존재하지 않는 것 같고
어느 누구도 나에 대해 말하지 않을 것 같은 기분이 들다가
이대로 나를 영영 잊어버리게 되는 건 아닌가 싶은 걱정이
슬며시 고개를 들면 그때가 우물 밖으로 나와야 할 때다.

목욕

집중이 안 되거나 몸이 추울 때 나는 목욕을 한다. 시간을 정해두지 않고 '이때쯤이다!' 하는 기분이 들면 하루에 두세 번쯤 옷을 홀홀 벗고 따뜻한 물에 몸을 맡긴다. 집에서 일하는 프리랜서의 특혜라고 생각한다. 낮잠을 자거나 홀쩍 여행을 떠나도 괜찮은 직업. 혼자 있으니까 홀딱 벗어도 눈치 볼 사람이 없다는 사실 역시 자유롭다. 물론 모리가 곁에 있지만 모리는 괜찮다.

☺ 힘의 이동과 분산

살람바 시르사아사나

절대 못할 것 같고
엄두가 안 나는 것도
계속하면 정말 된다.
습관의 힘은
대단한 것이기에.

개는 사랑

택시를 탔는데 머리카락이 희끗희끗하신 할아버지가 운전사였다. 대뜸 키우는 반려견 자랑을 하셨다. 아무래도 내가 들고 있는 고양이 사료를 보신 모양이다. 개가 얼마나 영특한지에 대해 이야기하느라 신호가 바뀌어도 차가 출발하지 않았고, 뒤차가 경적을 울리기까지 해서 심히 긴장이 되었다. 개가 올해 열여덟 살이라고 하시면서 사랑을 주면 오래 산다고 그게 비법이라며 내게 일러주셨다.

할아버지의 그 말이 정말 맞는 말이라고 생각했다. 주인에게 버려지면 슬퍼서 곡기를 끊기도 하고 위험에서 주인을 구하려다 다치고 죽은 개의 이야기를 심심치 않게 듣다 보면 개에게 사람의 사랑이 얼마나 커다란 가치인지를 알 수가 있다. 개가 주는 사랑은 전부지만 사람이 주는 사랑은 일부일 때가 많은데, 그런데도 개는 셈을 하지 않고 사람을 기꺼이 믿어주며 모든 걸 다 준다.

토닥 토닥

🐱 제일 먼저 해야 하는 것

잽_ 잽_

모리가 책상 위에 올라와
얌전히 있던 지우개를
톡, 톡톡— 짧게 끊는 잽으로
여러 번 건드려 바닥으로 떨군다.
몸부림치는 지우개가 미동이 없을 때까지 노려보고선
의기냥냥해진 눈이 되어 나를 빠안히 본다.
말을 한다면 "자, 됐지? 안심해."
그런 표정.

양손

양손을 나눠서 사용하면 조명 색을 바꾸듯 무드 전환이 되는 기분이 든다. 왼손과 오른손은 글씨체가 달라서 오른손은 주로 빠른 글쓰기가 필요할 때 긴 글을 쓰거나 주로 사무적인 글을 쓸 때 쓴다. 그림 속 글씨는 왼손을 사용하는데 느릿느릿 그림같이 글을 그린다. 그림은 전부 왼손이 도맡아 그린다. 가위질도 칼질도 미세한 조절이 필요한 일은 왼손으로 한다. 밥을 먹을 때 젓가락은 왼손, 숟가락은 오른손에 쥐고 양손으로 식사를 하지만 먹는 속도가 빠르지는 못하다. 어릴 적에 치킨을 양손으로 먹다가 남동생이 엉엉 울면서 "빨리 먹지 마!" 하고 나를 때린 적이 있어서 그 뒤로 느긋하게 먹는 습관이 생겼다.

왼손   오른손

 잠에서 깨면

한밤중에 내리는 빗소리에
잠이 깨보면 알게 된다.

쏴아아ㅡ

잠자리의 포근함과

함께 있는 존재의 온기를

내가 가진 행복이 뭔지
내가 지키고 싶은 게 뭔지

후이잉ㅡ

으
답답해.

가진 게 없다 생각했는데
전부 다 가지고 있다는 것을 알게 된다.

🐱 밤에 내리는 비

불안한 감정은
밤에 내리는 비 같은 거다.

차가운 비가
나의 온 세상을 축축하게 만들어도

언제나 마음속에 작은 우산 하나만 있다면
무사히 집으로 돌아갈 수 있다.

밤새 내리는 비는
끝이 나기 마련이고

변화무쌍한 날씨와 같은 감정을
붙잡고 깊이 빠져들기보다
지금 내 상태를 알고 있으면 된다.

전부 다 지나가는 중이니까.

4부

매일매일 균형 있게

서점은 내가 제일 좋아하는 장소.

에세이나 만화 코너를 특히 좋아합니다.

언젠가 내가 쓴 책이 여기에 놓이는 때가 올까...

올 초 목표가 책 내기 였건만

목표 언저리에서 맴도는 기분

벌써 십일월

올해도 못 해냈어.

바보 멍청이

결국 못해 목표는 다시 내년의 목표가 된다.

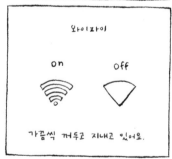

청소

청소를 하면 요가를 하고 난 후와 비슷한 기분이 든다.
창문을 열어 환기시키고, 청소기를 돌리고,
걸레로 구석구석 닦아서 본래의 상태로 되돌리고 나면
무척 후련하고 개운하다.
반질반질 윤이 나고 말끔히 정리된 방.
햇볕이 들어오는 창문 아래 앉아
따뜻한 차를 마시는 시간을 하루 중 가장 좋아한다.

빗자루

쓰레받기

걸레

그림 도구

키가 줄어드는 연필과 늘어가는 지우개 똥.
너희에게 미안하지 않으려면
좋은 그림을 그려야 할 텐데.

☺ 길고 긴 싸움

어릴 적부터 그림 그리기를 좋아했고,

줄곧 그림을 그려왔음에도

그 세계는 갈수록 어려워졌다.

나이를 먹으면
모든 게
분명해질 줄
알았는데

어째서
점점
모르겠는 거
특성이인지

이 나이쯤엔 전문가가 될 줄 알았더니.

그치그치.
호락호락하면
인생이 아닌 거지.

평생을 씨름해야 할 상대의
진정한 크기를 깨닫고 난 뒤부터는

초급했던 마음은 사라지고 여유로움과 체념
그 사이 어디 중간쯤에 머무르게 되었다.

기왕이면
즐겁게 상대하자.

빙글

빙글

🐱 눈치가 없어

언제나 모리는 날 사랑해주네.

가끔 아니 자주 그럴 때 있죠.

삼십 부채
같은 자세

자세가 불편한 데도 바꾸지 않을 때.

무게가 팔과 어깨에만 가중되면

힝 힝힝

힝 힝 힝

어깨가 뭉치고 팔이 아파요.

이럴 때 쓰려고 배운 요가

어깨는
아래로
끌어내려

정수리 위로
당기기

엉덩이
힘

귀랑 멀리 두기

턱은 무릎이랑 붙이기

배에 힘 빡

팔꿈치로 몸통에 밀착시키고
팔 건반은 골반 넓이로

이러면 힘이 분산되어 부담이 적어져요.

허
헉

물론 뒤집기가 제일 좋죠.

🐱 봄의 맛

요즘 즐겨 먹는 요리 레시피

감자쑥전

마지막으로
쑥을 반죽에 넣어 잘 버무려
굽기만 하면 됩니다.

감자 한 개   쌀가루 두 술갈

소금 한 꼬집

쑥 두 주먹

유정란 한 알

지글 지글 지글 지글

전은 얇게 구워야 바삭해요.

윙   윙

애비

감자를 믹서기에 갈고

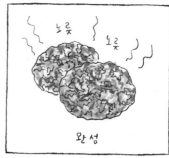

노릇   노릇

완성

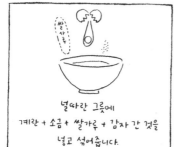

쌀가루

넓따란 그릇에
계란 + 소금 + 쌀가루 + 감자 간 것을
넣고 섞어줍니다.

감자가 포근하고
쑥이 향긋한 게
딱 봄의 맛이구나.

냠
냠

심호흡

상대에게 슬슬 화가 나기 시작할 때
어려운 사람 앞에서 긴장될 때
숨을 멈추고 있다는 사실을 아는가.
그럴 땐 심호흡을 해보자.
경직된 몸과 마음이 부드러워지는 것을 알 수 있다.
화내는 대신 한 번 더 생각할 여유가 생기고
긴장이 해소되어 몸이 편안해진다.
그러므로 때로는 의식하며 호흡할 것.
명심하기.

고양이는 앞으로 키우지마라.
내가 싫어. 어른 말을 들어야지.
사랑한테나 잘해.
고양이 때문에 애를 안 낳아.

반대로 마음에도
없는 말만 해도

갈게.

잘가.

문제야,
문제.

다양한 사람의 수만큼
다양한 가치관이 부딪힌다.

마음이 이상해져버린다.

하지
말아도 될

이상한 말만
자꾸
떠들었네.

저도 충분히
어른이에요.
제 삶은 제가
결정할게요.

제가
똑같이 말하면
기분이 좋으시
겠어요?

할 말을 하면 묘하게 관계가 어긋나기도 하고

동의하는 것도
동의하지 않는 것도
아닌 중간계

침묵 속에
숨어버리면
찝찝하지만
편하기 하다.

말을
하지 않으면
후회할 일도
적겠지.

어쩌구
저쩌구

이러쿵
저러쿵

이래라
저래라

그치만 부딪히는 관계 속에서 나의 색깔이
불명해지고 상처가 단련되기도 한다.

관계.
어렵고
힘들다.

🐱 타인의 말

관계 2

미약한 나를 마주할 땐
기꺼이 공감해주는 이를 찾게 된다.
어제 방에서 찌그러져 있는 나를 보기라도 한 듯
그런 사람이 내게 전화했다.
감지 않은 머리 위로 모자를 눌러쓰고
눈썹과 입술만 그리고 가볍게 옷을 걸치고 나간 자리에서
숨 고르는 시간 빼고 계속해서 말을 했다.
나는 나를 말수가 적은 사람이라 생각하고 있었는데.
오래 사귄 친구가 아닌
드문드문 만난 사이라도
눈빛만 봐도 알 만큼
깊은 마음을 나눌 수 있다.
스치고 떠나보내는 관계 속에서도
계속해서 사람들을 만나야 할 이유는
보석 같은 사람을 마주하는 오늘 같은 날 때문이다.

☁ 나비 자세

꽉 막힌 도로 위. 버스 안.

탈
탈
탈
탈
탈

(버스 엔진 소리)

답답한 마음에 고개를 돌렸는데

배고파.

밥 대신 퇴근 지옥을 맛보고 있다.

그 순간 내 눈에 들어온 건

해가 저물기 전
엷은 별을 쬐는
포플러 한 그루

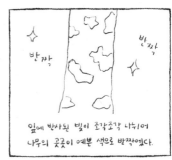

반짝

반짝

잎에 반사된 빛이 조각조각 나뉘어
나무의 곳곳이 예쁜 색으로 반짝였다.

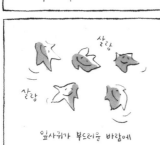

살랑

살랑

잎사귀가 부드러운 바람에
인사하듯 살랑이고

순간 버스 창밖이 아닌 작품을 감상하는
기분이 들어 마음이 한껏 누그러졌다.

근사한 숲이 아닌
소음이 가득한 도시에서
살고 있는 가로수지만
좌절하지 않고
자신을 빛내며 서 있다.

🐱 기억 1

요가를 하다 보면
여러 가지 생각이 나는데

제대로
하는 게
없잖니!

지적을 하면 나아질 거란
아버지의 기대와는 정반대로

어린 시절의 내가 생각나기도 한다.

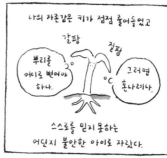

나의 자존감은 키가 점점 줄어들었고

갈팡

질팡

뿌리를
어디로 뻗어야
하나.

그러면
혼나려나.

스스로를 믿지 못하는
어딘지 불안한 아이로 자랐다.

내 어린 시절 기억 속의 아버지는

불안과 우울은 어릴 적부터
나와 함께 있었다.

무서워

역시 난
잘할 수
없어.

늘 쉽게 화를 냈다.

약한
녀석 같으니.

버럭

아...

깜짝

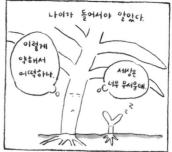

나이가 들어서야 알았다.

이렇게
약해서
어떡하나.

세상은
너무 무서운데.

진짜 아버지의 마음을
알고 나서 보였다.

동일시

아버지는 강철처럼 강했고
나는 두부처럼 연약했다.
아버지가 화를 내면
내 자존감의 키는 점점 작아졌다.

늘 못마땅하고 부족한 아이라는
꼬리표를 달고 있는 기분.

힘 있는 어른이 되더라도 나보다 연약한 존재에게
상처 주지 않아야겠다고 늘 생각했다.

사람의 선택에 따라
불행과 행복이 쉽게 결정되는
초라하고 미약한 생명을
모른 척 지나칠 수가 없어서
나는 그들 곁에 맴돈다.

길냥이의 삶이 윤택해지길 바라며
그들에게 밥을 주고 그들의 건강을 걱정하는 건
어른이 된 지금의 내가
과거의 나를 만나
눈물을 닦아주는 일인지도 모른다.

아버지가 한순간도 날 사랑하지
않은 적이 없었다는 것을

이제는 안다.

이 고양이는

가끔씩

내게 백허그를 해준다.

체온을 전하면 위로가 된다는 것을
얜 어떻게 알고 있을까.

냠

냠

🐱 아기 모리 1

처음 모리를 만난 날

도착 했어요

성수 ④

두근 두근

만약 그 선택을 하지 않았더라면

음...

마음에 드는 애로 골라보세요.

냥 냥 냥

지금의 모리가 없었을 것이다.

버리시면 안 돼요.

이 탄생에는
터키시앙고라인 엄마가 가출해서
길냥이 아빠를 만난 스토리가 있다.

바람 냄새가 신기한 거니?

콩 콩

파란 눈과 흰색 털을 가진 남매들 중에서
모리만 회갈색 눈에 갈색 털이었다.

모리만 아빠를 닮음

구경잼

똥망 똥망

아기 모리는 어릴 적부터 호기심이 많고
대범한 구석이 있었다.

아기 모리 2

아기 고양이는 눈만 뜨면
입을 쩌억 벌린다.

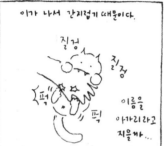

이가 나서 간지럽기 때문이다.

이름을
아가리라고
지을까...

잘못했어요...

악몽 꾸는 중

뒹구울~

괜히 한번
뒹군다.

반복

 거리 조절

🐱 명상

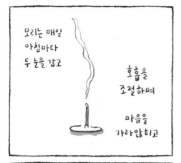

모리는 매일
아침마다
두 눈을 감고

호흡을
조절하며

마음을
가라앉히고

내가 너무
욕심을 부리고
있구나.

많이 먹으면
건강에
안 좋댔어.

흐

그치만
씁쓸하구먼.
1일 2캔이면
좋겠다.

내일이
오면
먹을 수 있잖아.

내면의 상태를
객관적으로 바라봅니다.

흐

ㅁ

어디 보자.

ㄲ

응

의기소침한 것은
기분 탓?

결코 비울 수 없는 참치 생각

움직이는 마음과 생각을
그저 관찰합니다.

참치가
또 먹고
싶잖아

더 이상
안 줄겠지

응

1일 1캔 하기로
약속했으니...

마음을 알아차리면
좋은 방향으로 생각을 바꿀 수 있고
인정하고 받아들일 수도
비울 수도 있다.

화가 나네

요가원에서 사람들과 수련을 하는 중이었다.
할아버지 선생님이 말을 했다.
"여자는 한 달에 한 번 피를 흘린다."
생리를 뜻하는 것이었다.
"남자는 피를 못 흘려서 화를 내는 거니까
그럴 땐 여자가 이해해줘야 한다."
가뜩이나 힘든 동작을 하고 있는데 마음속에서 천불이 났다.
잘못을 뒤덮는 사고방식이 비겁했기 때문이다.
요가와 전혀 상관없는 내용인데 대체 왜 그런 이야기를 하는 건지
아직도 알 수가 없다.

 마음의 코어

울렁울렁한 내가
조금은 단단하게 변했나 보다.

제가
선택한 저만의
인생 지도가
있어요.

제 길은 제가
알아서 갈게요.

주변의 압력은 예전보다 가볍게 느껴지고
내 뜻대로 살기로 마음먹었다.

후

ㄹ
쑥

살다 보면 가끔 마주친다.

남 같지 않아서
조언해주는 거예요.

내가 더
살았으니까
아무래도
경험이 더 많지
않겠어요?

정작 자기 습관 하나 고치지 못하면서
남을 바꾸려고 애쓰는 사람을.

마음에도 코어가 있다.
많은 사람들이 나를 통과하지만
내가 나로 있을 수 있는 이유.

모리야.
나 중심이 좀
단단해진 것
같아.

수변인 것
같은데...

몸과 마음이 연결됨을 느낀다.

🐱 혼자가 좋다는 말

혼자가 좋다고 하는 말 속엔

관계에 실패했던 과거가
숨어 있고

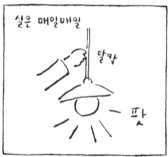

실은 매일매일

달칵

팟

외로움과 싸우고 있다는
뜻이다.

평생 좋기만 한 관계가 있을까.

물론 일정 부분만 나를 보여주면
안정적인 관계를 유지할 수 있다.

나의
일부

당신과는
여기까지.
더 이상
바라지 마.

좋기만 한 사이 말고
진짜 사이가 되고 싶은 상대를
만난다면

있는 그대로의 나를 보여주고
감정의 소용돌이 속을 지나야만 한다.

말면
참치캔을
내놔

어느새

이젠 눈빛만
봐도 아는 사이

인생의 맛

여러 감정이 뒤섞여 울고 웃고

좋은 맛을 낸다.

지지고 볶아야 살아지는 게
세상이라는 것

행복한 맛!

된장찌개 속 세상에서도

다른 맛의 재료가 만나

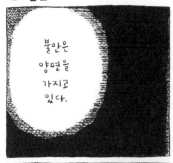 불안 3

불안은
양면을
가지고
있다.

신기하게도 요가가 그 불순물을
말끔히 태워주었다.

어서
오시게.

나를 갉아먹는
존재인 동시에

앞으로 나가게
만드는 원동력
이기도 하다.

좌락

그러나 불안은
불순물을 만들어내는
종류의 것이라서

삐삐삐삐삐

AM 6:00

가던 길을 멈추고
종종 방황하게
만들었다.

일어나

잘 서 있기 위한 연습

진정 두려워해야 하는 건
과거나 미래가 아니라

왼발, 오른발 중 어디에
힘을 더 실을지

현재 내가 놓치고 있는 순간이다.

무게를 둬야 할 곳에

지금 이 순간을 충실히 살아내면
불안은 잦아들고 삶은 안정된다.

알맞은 힘을 배분하는 것

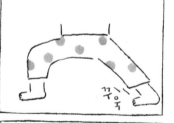

요가를 하면서 매 순간 고민한다.

모든 게 균형의 문제다.

요가 매트 위의 세상과 나가

점점 닮아간다.

인생도 요가도 초보입니다

요가를 막 시작했을 때 사람들을 의식하며 동작이 틀릴까 봐 걱정했습니다. 다른 사람과 저를 끊임없이 비교했습니다. 바보 같았지요. 초보 주제에 잘하고 싶어서 용쓰는 내 모습이 문득 제 인생과 비슷하다고 생각했습니다. 거미줄 위를 걷는 파리처럼 균형을 기르는 동안 땀이 퐁퐁 솟고, 머릿속에서는 여러 가지 생각이 피었다 사라졌습니다.

'괜찮아, 꾸준히 하면 언젠가는 될 거야.'
'이건 과정일 뿐이야. 전부 즐기자.'
'진짜 완벽한 것은 없는지도 몰라.'
'옆 사람은 엄청 잘하네. 아니야. 비교하지 말자.'

요가를 하며 떠올린 말들은 세상 속 저를 다시금 바라보게 했습니다. 깊은 호흡을 연습하고 충분한 이완을 통해 불안이 잦아들곤 했습니다. 요가를 하며 배운 것들을 일상에 대입하고자 노력했지만 쉽게 되지는 않았습니다. 그림 작가로서 나의 위치는 어디쯤인지 알 수가 없고, 책은 쓰고 싶지만 방법을 모르겠고, 잘하고 있는 게 맞나 자신도 없고, 제가 가는 길이 맞는지 도무지 알 길이 없었습니다.

인생도 연습이 필요합니다. 내가 작가인 건지 잘하고 있는 건지 의문이 생길 때조차 작업을 계속하는 것만이 작가가 되는 길이라는 것을 이제는 압니다. 실패를 하고도 도전을 멈추지 않을 마음은 요가뿐 아니라

삶에서도 길러야 합니다. 요가를 한 지 오 년이 지났습니다. 이상하게도 여전히 초보지만, 마음 알맹이가 조금 단단해진 기분이 듭니다. 처음부터 워낙 물렁물렁한 마음이었으니까요.

제가 나이가 들어 할머니가 된다 해도 그 또한 처음이기에 생각하지 못한 일들이 많을 겁니다. 젊을 때와는 다르게 세상도 변할 테고요. 그 때문에 도무지 능숙해지지 않는 것이 인생이지요. 결국 내면의 힘을 기르는 수밖에 없습니다. 위기의 순간에도 침착하게 마음을 다져야 합니다. 할머니가 되어서도 내가 여전히 요가를 하고 있기를 바랍니다. 그 나이쯤 되면 요가 좀 한다고 말할 수 있겠지요? 요가의 세계도 그림만큼 알면 알수록 깊게 느껴집니다.

묵묵히 사랑으로 지켜봐주시는 부모님, 든든한 반쪽 나의 사랑 케루, 영감을 준 모리에게 깊은 사랑을 보냅니다. 출간을 제의해주신 이지은 에디터님, 출간을 도와주신 조은덕 디자이너님과 최지인 에디터님, 독립 출간물 교정을 도와주신 박지원 선배님, 요가를 가르쳐주신 정종미 선생님과 미수 선생님, 마지막까지 읽어주신 독자님께 깊은 감사를 올립니다.

2021년 1월
이내

모리는 아기 때부터 나무 타기를 좋아했어요

운전석에 앉아 있는 모리

머리 위에 낙엽을 올렸더니 응???

근엄한 표정을 짓는 모리 선생님

가끔씩 잠꼬대를 해요

모리야, 안녕?

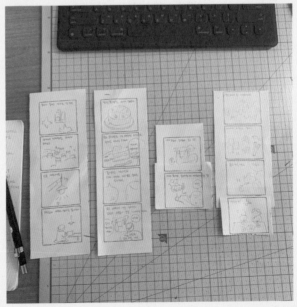

Surya Namaskara A

지구의 모든 존재에게 생명을 불어넣은 태양에게 경의와 존경을 바치는 인사

0
Samasthiti

1
Ekam Inhale

2
Due Exhale

8
Ashtau Exhale

9
Nava Inhale

3
Trini Inhale

4
Chatuari Exhale

5
Pancha Inhale

6
Shat Exhale,
5 breaths

7
Sapta Inhale

Surya Namaskara B

0
Samasthiti

1
Ekam Inhale

2
Due Exhale

6
Shat Exhale

7
Sapta Inhale

8
Ashtau Exhale

12
Dua Dasha Exhale

13
Trayo Dasha Inhale

14
Chatur Dasha Exhale,
5 Breaths

3
Trini Inhale

4
Chatuari Exhale

5
Pancha Inhale

9
Nava Inhale

10
Dasha Exhale

11
Eka Dasha Inhale

15
Pancha Dasha
Inhale

16
Show Dasha
Exhale

17
Sapta Dasha
Inhale

0
Samasthiti

오늘도 냥마스테

인생은 고양이처럼 매일매일 균형 있게

초판 1쇄 인쇄 2021년 1월 14일 **초판 1쇄 발행** 2021년 1월 21일

지은이 이내
펴낸이 연준혁

출판부문장 이승현
편집 최지인
디자인 조은덕

펴낸곳 ㈜위즈덤하우스 **출판등록** 2000년 5월 23일 제13-1071호
주소 경기도 고양시 일산동구 정발산로 43-20 센트럴프라자 6층
전화 031)936-4000 **팩스** 031)903-3893 **홈페이지** www.wisdomhouse.co.kr

ISBN 979-11-91308-33-4 03810